詩集

愛について

若松英輔

AKISHOBO

愛について

目次

定義 Ⅰ 6
弱い人 8
光 10
受苦 14
定義 Ⅱ 18
車窓 22
悲愛 24
時のありか 26
時のきらめき 30
傘 34
思い出 36
あなた 40
愛しみの種子 44

祈り　46
星の光線　48
不条理　50
積木　52
無知な人　56
哀歌　60
雪　62
嘘　64
定義　Ⅲ　66
よろこびの泉　68
存在の秘義　72
朱《あか》い箱　74
不可視な隣人　76

奇蹟 80
行く人 82
大切な人 86
花束 90
扉 92
言葉の秘義 94
涙の泉 96
樹木 100
愛の技法 102
大切な人 Ⅱ 106
あとがき 110

定義 I

愛とは
何かなど
改めて
考えずに
生きるなか
静かに
育まれる
熾《し》盛《じょう》な
悦び

弱い人

ほんとうの言葉を
語ってください
むずかしいことではなく
頭にではなく　胸に
響くように

ほんとうのものを
愛してください
きらびやかなものではなく
心をゆらす

ものごとを

ほんとうのことを
伝えてください
たとえ
痛みを
伴うことであっても

ほんとうの姿を
見せてください
わたしなしでは
生きていけない
弱い　あなたを

光

目と目で
見つめ合うのも
いいけれど
少し

離れたところにいて
こころとこころを
ふるわせるのも
いい

目には見えない
藍色をした
光の糸を
感じるから

顔と顔を
近づけているのも
いいけれど
ちょっとだけ

遠くにいて
じっと　あなたのことを
考えているのも
いい

真剣な
白金の光を放つ
まなざしを
想い出すから

言葉で
おもいを
告げるのも
いいけれど

気づかれないように
ひとりで
あなたをおもって

祈っているのもいい
橙《だいだい》の光になって
邪《よこしま》なものから
あなたを
守りたいから

受苦

いっしょに
喜ぶよりも
悲しめるように
なりたい
でも

本当は
悲しむだけでなく
ともに
苦しめるようにも

なりたい

大事な人と
人生の
避けがたい
試練を
分ちあうことが
真の幸せかも
しれないのだから

そしてあなたを
この世に
ひとり
残さないように

どうにかして
与えられたいのちを
生き抜いてみたい

定義　II

愛すること
それは

天使のほかには
見たことのない
そのひとの
真摯な姿に接すること

そのひとが
この世に唯一の

存在であることを
告げ知らせること

愛されること
それは

人生の試練に
あるときが
もっとも
美しいと
思ってもらえること

愛し合うこと
それは

耐えがたい
悲しみを
ふたりで
情愛の真珠に
変えようとすること

車窓

電車で
並んで座り
だまったまま

風景を
見つめていた
あの日

あれが
わたしの

ずっと
探していた
幸せだった

いまになって
ようやく
気がついた

かけがえのない
消えることのない
永遠のとき

悲愛

情愛無きところに
悲《かなし》みは　生まれじ
ゆえに　ひとは
悲愛なる言葉を　世に
産み落としたり

時のありか

あなたと
見たものは
眼の奥に

あのとき
聴いた音楽は
耳の底に

いっしょに
食べたものは

舌の奥に
刻まれている

贈ってくれた
水仙の香りは
心の奥に

あなたに
ふれたことは
この手が
覚えている

でも　時は
いったいどこに

仕舞われて
いるのでしょう

どうしたら
あなたと
過ごした日々が
よみがえるのでしょう

時のきらめき

あなたとの
いちばん　大切な
できごとは
出会って
一年くらいたった
あの日

ふと
眼と眼があって
何も言わなくても

たがいの
気持ちが分かった
時のこと

写真にも　映像にも
けっして写らない
静かな　でも
燃えるような
心のうごめき

言葉に
してしまえば
消えてしまう
手にも　ふれ得ない

時のきらめき

傘

わたしの
目の前では
　あなたが
ふれたもののはすぐに
　あなたの色に
染まった

あの日から
ずっと探しているけど
みつからない

あなたが
買ってくれた
あなた色をした
傘

雨のなか　わたし
独り　濡れながら
歩いてる

傘を開いても
涙は　ずっと
止まることがないから

思い出

いろんなところへ
行ったし
いろんなものも
食べた
いっしょなら
何でも　美味《おい》しかった

いつものカフェ
古都の寺
山桜を見た並木道

写真なら　いっぱいある
寂しくなったら
眺めていればいいいと　思ってた

でも　どれを見ても
わたしが知っている
あなたの姿は
写ってない

わたしだけが
知っている
あなたの横顔
あなたも知らない

わたしの胸を
はげしく射抜く
光のような　あの
まなざしも

あなた

ひとよりも
優れていたい　そう強がる
あなたには
興味がない

わたしは　あなたが
ほんとうのあなたで
いるときが
好きだから

競争に勝ちたいと
くやしそうに
語るあなたを
見たくない

あなたが　自分の道を
一人歩く
そんな姿を見るのが
好きだから

そして　あなたが
ほんとうの
あなたのときにだけ
私は

ほんとうの
わたしでいられるから

愛《かな》しみの種子

こころの傷に　神は
愛しみの種子を
植えるという
涙で　はぐくみて
愛する者に　捧げよ

祈り

神さま

あなたは　たしかに
祈りを聞き入れてくださいました
わたしは　あのひとを
生涯　愛し続けられますようにと
祈ったのです

ほんとうに
おもいは　募るばかりです

わたしの手からあのひとを奪って
あなたのもとへとお召しになられた
あの日から

ずっと

星の光線

わたしの　眼は
何百光年も
離れた場所で
青白く
輝いている
星の光線を
はっきり
とらえている

でも

こんなに　近く
ときには　熱くさえ
感じる
あなたの姿は
目に映らない

生きていたときよりも
ずっと　つよく
たしかに
あなたを
感じているというのに

不条理

あなたをおもうと
今日も眠れない　けれど
あなたに
会えるのは
夢のなかだけ

積木

知ってましたか
愛しみと書いて
かなしみと
読むそうです

それなら
悲しみを
知らない人は
ほんとうの愛を
知らないのでしょうか

手を伸ばせば
あなたがいて
呼びかければ
応えてくれる

そんな日には
幸せを感じるのに忙しくって
悲しみを　育むなんて
感じたことはなかった

愛することは
悲しみを
積み上げることだったなんて

知らなかった

ごめんなさい

あなたといたころ　わたしは
今ほど　深く
あなたを
愛してはいませんでした

無知な人

何でも　よく
知っている
あなたにも
わからないことがある

わたしは　よく
知っていて
あなたが　ぜったいに
知らないことだってある

あなたは　とうとう
ほんとうの
かなしみを
知らないままだった

あの日から　わたしを
離れることのない
この　赫《あか》いかなしみを

愛しい人を
喪《うしな》って
感じる気持ちは

悲しみじゃなくて

愛《かな》しみ
というんだって

あなたは
愛しみを
知らない

あの日から　わたしは
愛しみのなかでしか
生きていないのに

哀歌

哀《あい》の奥には
愛がひそんでいる
哀しみの奥に
かならず
愛《かな》しみがあるように

雪

わたしの悲しみは
北国《ほっこく》の春
街で人が
桜を愛《め》でる
時節になっても
空には
しずかに
雪が
舞っている

嘘

あなたは
できもしない
大きなことをいうのが
好きだった

約束してくれた
家も車もなくて
旅行にも行けなかった

でも　ひとつの

悲しみを
のこしてくれた

それで十分
家も車も旅も
ひとりでは　つまらない

ありがとう

悲しみでは
いつも　あなたに
会えるから

定義　III

役に立つかどうかで
ひとをみるのは
打算

優れているか
どうかを考えるのは
評価

自分を忘れて
相手の心を映すのは

無私

目の前にいるから
身近に感じるのは
親しみ

だが　遠くになれば
なるほど強く
相手の幸いを願うのは
愛

よろこびの泉

あなたを
知らなければ
わたしは　こんなに
苦しむことはなかった

あなたに
出会わなければ
わたしは　こんなに
悲しむこともなかった

きっと
ほんとうの
わたしを
知らないままだった

わたしは　しあわせです
あなたがいなくなって
身が焼けるほど
悲しんでいるのですから

わたしは　しあわせです
いなくなって　痛いほどに
悲しまなくてはならない人に
出会えたのですから

わたしは　しあわせです
いなくなっても　あなたを
こんなに近く
感じているのですから

存在の秘義

光がなければ
色は　存在しない
意味がなければ　言葉も
あなたが　いなければ
わたしも

朱《あか》い箱

夢のなかで
小さな
朱い
木の箱を
買いました

あなたから
もらった
言葉を
入れておくための

容れ物

心が
痛むときに
そっと
開ける
わたしの薬箱

それは　誰も
手にとることのできない
世に
ただ一つの
魔法の箱

不可視な隣人

あの日から
わたしは　ずっと
独りだとおもって
生きてきた

こころから血を流して
生きている
そう　感じることも
少なくなかった

でも　あなたの言葉は
その　赤色の滴《したた》りを
いのちの水に
変えてくれた

あなたが
目には映らない姿で
存在していることは
分かっていた

でも
目を閉じさえすれば
あなたに　会えることに
長い間　気がつかなかった

わたしが
意識しないときも
あなたが　ずっと
そばにいることも

奇蹟

奇蹟は　あるとおもう
こんなに多くの　ひとがいるのに
あなたに　会えて
わたしは
ほんとうの　わたしに会えたから

行く人

ぜいたくを
しなければ
行きたいと
おもうところも
行けるように
なりました

でも
いっしょに　行く
そう　言っていた

あなたが
この世に
いないのです

ほんとうは
べつに　どこでも
よかったのです
あなたが
かたわらに
いてくれれば

おしえてください
わたしは
いったい

どこへ
行けば
いいのでしょうか

大切な人

あなたは
大切な人

白と黒と
灰色しかなかった
私の人生に

色を
注ぎ込んでくれた人

私の痛みに
意味を
見出してくれる人

悲しみは
愛が姿を変えたものだと
教えてくれた人

私よりも
わたしの人生を　深く
慈《いつく》しんでくれる人

この人生が
生きるに値するものだと

信じさせてくれた人

私が　わたしを
見失っても
いつも　わたしを
観てくれている人

花束

今日は　大切な日
でも　会えないから
両手にあまる
野薔薇《のばら》ではなく
一篇の詩の花束を
贈ります

今日は　大切な日
でも　抱きしめることも
できないから　いつも

そばに　いられるように
祈りの花束を
贈ります

扉

何も　しなかったなどと
言わないでください
あの日　だまったまま
じっと話を聴いてくれたとき

あなたは
彼方の世界へとつながる
扉になったのです

自分を　好きになることも

信じることもできず
嘆くほか　何もできなかった
わたしのうめきは

あなたが
受けとめてくれることで
祈りへと変わったのです

何もではなく
ほかの誰にも
できないことを
してくれたのです

言葉の秘義

おもう人にむかって
言葉をつむぐ
そのとき　ひとは
世に
愛を放つ

涙の泉

あの日
泣いているわたしに
何を語ってくれたのかは
あまりよく　覚えていません

でも
あなたが流した涙は
けっして
忘れることはありません

あの滴《しただ》りの
ひとつひとつが
嘆きの岩盤を
打ち砕いたのです

今も　水が滾々《こんこん》と
湧き出ています
生きていくのに
疲れたとき　わたしは

その泉に　たたずみ
手で水をすくい取って
からだに
注ぎ込むのです

いつか
わたしも
あなたがしてくれたように
涙の泉を

誰かの心に
そっと残してから
逝きたいと
願っているのです

樹木

愛は　もろい
だから

情を　ともない
情愛になるまで
育まねばならない

できることなら
悲愛になるまで

愛の樹木は
こころを　流れる
涙を糧にして　育つ

だから　どこまでも
悲しむがよい

その愛が
困難の炎のなかでも
生き続けられるように

愛の技法

愛する方法を
知りたいのです
どうしても

言葉だけでなく
言葉には
ならないものも

笑い声だけではなく
誰も知らない

うめく声も
あなたの姿だけでなく
朽ちることのない
こころも

目に
見えるもの
ばかりではなく

目には
けっして
映らないものも

どこまでも
愛する方法を
知りたいのです

あなたは
大切な人

耐えがたい苦しみを
いつの間にか　そっと
生きる意味に
変えてくれる

私が　独りだと
思ったとき

あなたは　いつも
そっと　心の中で
笑っている

あなたは
大切なひと

私を　いつも
本当のわたしで
いさせてくれる

あの日　あなたに
出会わなければ

いつまでも　わたしは
誰かになりたい
そう思っているだけの
私のままだった

あとがき

　現代人は、いくつかの大切な言葉を、あまりに安易に用い、その意味を薄めていった。愛はその最たるものだろう。愛という言葉ではもう、愛を表現できなくなりつつある。かつて愛は哲学でも中心的命題だった。古代のプラトンはもちろん、中世のアウグスティヌス、近代のニーチェにおいても愛は、哲学の根本問題だった。

　しかし、現代哲学で愛を正面から語る人は多くない。愛のゆがみのようなものを論じることはあったとしても、生活の根底をなしている愛を論じる人は稀《ま》れになっている。理由はいくつかあるのだろうが、その一つに哲学が詩情との関係を見失ったことがあるように思われる。

　プラトンは、自分が考える理想の国から詩人を追放しようとした。それは、詩人が詩情という開かれた叡知を私物化しようとしたからであって、詩情そのものを否定したのではない。もっとも豊かな詩情の様式、それは祈りである。アウグスティヌスにとって祈るとは、神の息吹を呼吸することと同義だった。ニーチェは稀れなる哲人であるが、その本性においては詩人だった。もう一人、近代の哲学者で愛を重んじ、それを語ることに自身の哲学的挑戦を試みた人物がいる。アンリ・ベルクソンである。亡くなってもうすぐ八十年になろうとしている今もなお、現代世界にもっとも強い影響を与えつつある哲学者の一人だ。彼は最後の主著となった『道徳と宗教の二源泉』で愛をめぐって次のように述べている。

……体験から得た信念をどのようにして言葉で伝播《でんぱ》させるか、とりわけ、言い表わし難いものをどのようにして言い表わすか。しかし、こうした疑問は、偉大な神秘家にあっては、起こりさえしない。彼は真理がその源泉から働く力として自分のなかに流れこんでくるのを感じた。太陽がその光を放たないではいられないのと同じように、彼はその真理を弘めないではいられないだろう。だが、彼はその真理を弘めるのは、もはや単なる言葉によってではないだろう。

なぜならば、彼を焼き尽くす愛は、もはや、単にひとりの人間の神に対する愛ではなく、すべての人間に対する神の愛だからである。

（平山高次訳）

「偉大な神秘家」とはベルクソンにとって、人間のもっとも純粋な姿を指す言葉にほかならない。彼にとって哲学とは、内なる神秘家を目覚めさせることだった。

愛と呼ぶべきものは、いつも神聖なるものをその源泉にする。人は愛を伝えることはできる。しかし、愛を生むことはできない。別な言い方をすれば、私たちが愛を行うとき、そこにはいつも超越者のはたらきが、ひっそり隠れるように存在している、というのである。先の一節のあとにベルクソンは、神秘家の愛は、近代の哲学者たちが「理性の名において、勧告した同胞愛」とは別種のものだとも書いている。哲学者の愛を包含し、同胞と宿敵の差異なくはたらきかける愛こそ、神秘家の愛なのである。

善人にも悪人にも太陽の光が降り注ぐ、というのは比喩ではない。この詩集で描くことができれば、と願ったのはベルクソンのいう神秘家の愛の萌芽だった。個に始まりながら個に留まることなく、他者に自分を開いていくはたらきそのものを、どうにか言葉の器に移し替えてみたかったのだと思う。「思う」と書くのは、そうしたことを意図して詩を書き始めたわけではないからだ。「愛について」という表題も、最初からそれがあったのではない。ここに収めたものの数倍の詩篇を言葉にするなかで、愛という主題が浮かび上がってきたに過ぎない。詩集は生むのではない。生まれるのである。ある一つの作品が、磁石が砂鉄を集めるようにはたらきかけ、一冊の詩集が生まれる。だが、詩集ができてしまえば、どの作品が磁石だったのかも分からなくなる。そうなったときにはじめて詩集は、翼を得て、書き手の手を離れて読者のもとへ飛翔する。

この本は四冊目の詩集になる。固く決めているわけでもないのだが、第一詩集から、年に一冊の割合で書いているから、詩を書き始めて、足掛け四年になる。

振り返ってみると本当に不思議な感じがする。五年前の私に未来からやってきた何者かが、お前は詩を書くようになる、といっても容易に信じないだろう。それほど私は詩との関係が希薄なまま生きていた。

詩は、私の生涯を根底から変えた。私はもう、詩を書かない自分に立ち戻ることはできない。私が詩を書く、というより、詩によって生かされていることが今は、はっきりと分かる。

本書も編集は内藤寛さん、校正は牟田都子さん、装丁は名久井直子さんに担当してもらうことができた。

これまでも書いてきたが、書物が生まれるとき、書き手はその一翼を担うに過ぎない。言葉が書物という姿をまとって読者の手元に届くにはいくつもの「手」が必要になる。よき本は、そこに参加する者たちの「愛」によって支えられ、読み手のもとに巣立っていく。この本にもそうした参加したすべての人の情愛がこもっている。そうした仲間たちと仕事をともにできたことを心から光栄に感じている。

また、この場を借りて、いつも力を貸してくれる同僚たちにも謝意を伝えたい。どんな仕事であれ、困難はあり、あきらめそうになるとき、ふとした言葉によって支えてくれるのは、ともにはたらく、彼、彼女たちなのである。

同僚たちはきっと、身に覚えがない、というかもしれない。しかし人は、自分で何をしたのか分からないとき、利他においてもっとも強靱《きょうじん》になる。内村鑑三は、敬愛する先達である中江藤樹の生涯にふれながら、バラは、自らが放つ香りを知らない、と書いているが、同じ言葉を私も同僚たちに贈りたいと思う。

二〇二〇年三月二十三日

若松　英輔

若松英輔（わかまつ・えいすけ）

一九六八年新潟県生まれ。批評家、随筆家、東京工業大学リベラルアーツ研究教育院教授。慶應義塾大学文学部仏文科卒業。二〇〇七年「越知保夫とその時代 求道の文学」にて第十四回三田文学新人賞評論部門当選、二〇一六年『叡知の詩学 小林秀雄と井筒俊彦』（慶應義塾大学出版会）にて第二回西脇順三郎学術賞受賞、二〇一八年『詩集 見えない涙』（亜紀書房）にて第三十三回詩歌文学館賞詩部門受賞、『小林秀雄 美しい花』（文藝春秋）にて第十六回角川財団学芸賞、第十六回蓮如賞受賞。

著書に『イエス伝』（中央公論新社）、『魂にふれる 大震災と、生きている死者』（トランスビュー）、『生きる哲学』（文春新書）、『霊性の哲学』（角川選書）、『悲しみの秘義』（ナナロク社、文春文庫）、『内村鑑三 悲しみの使徒』（岩波新書）、『種まく人』『詩集 幸福論』『詩集 燃える水滴』『常世の花 石牟礼道子』『本を読めなくなった人のための読書論』（以上、亜紀書房）、『学びのきほん 考える教室 大人のための哲学入門』『詩と出会う 詩と生きる』（以上、NHK出版）など多数。

愛について

二〇二〇年五月十二日　初版第一刷発行
二〇二二年五月二日　第二刷発行

著者　若松英輔
発行者　株式会社亜紀書房
郵便番号　一〇一-〇〇五一
東京都千代田区神田神保町一-三二
電話　〇三-五二八〇-〇二六一
振替　00100-9-144037
http://www.akishobo.com

装丁　名久井直子
印刷・製本　株式会社トライ
http://www.try-sky.com

Printed in Japan

若松英輔の本

生きていくうえで、かけがえのないこと　一三〇〇円＋税

言葉の贈り物　一五〇〇円＋税

言葉の羅針盤　一五〇〇円＋税

種まく人　一五〇〇円＋税

常世の花　石牟礼道子　一五〇〇円＋税

いのちの巡礼者　教皇フランシスコの祈り　一三〇〇円＋税

本を読めなくなった人のための読書論　一二〇〇円＋税

不滅の哲学　池田晶子　一七〇〇円＋税

魂にふれる　大震災と、生きている死者〔増補新版〕　一七〇〇円＋税

神秘の夜の旅　越知保夫とその時代〔増補新版〕　一八〇〇円＋税

弱さのちから　一三〇〇円＋税

読書のちから　一三〇〇円＋税

沈黙のちから　一三〇〇円＋税